À Elizabeth et Rachel

Avis aux parents et enseignants
Les fôtes d'ortograf
dent les BD de Georges et Harold
son vous lues.

ISBN 0-439-97566-2
Titre original : The All New Captain Underpants Extra-Crunchy Book O'Fun 2

Édition publiée par Les éditions Scholastic, 175 Hillmount Road,
Markham (Ontario) L6C 1Z7.

4 3 2 1   Imprimé au Canada   03 04 05 06

Salut! Voici un tout nouvel album de jeux extra-croquant. Tu y trouveras des casse-tête, des bandes dessinées et des tonnes d'autres choses quétaines que nous avons rassemblées n'importe comment à la dernière minute. J'espère que tu vas t'amuser!

MOTS CACHÉS CALESSONNÉS

Essaie de trouver les noms ci-dessous dans la grille de la page suivante. Ils peuvent être placés horizontalement, verticalement ou diagonalement, et de droite à gauche ou de bas en haut.

QUESTIONNAIRE SUR LES NOMS DES PERSONNAGES

Connais-tu bien les personnages des livres du capitaine Bobette? Trace une ligne entre le prénom de la colonne A et le nom de famille correspondant dans la colonne B.

COLONNE A	COLONNE B
Abélard	Barnabé
Bobby	Barnicle
Georges	Héroux
Harold	Hébert
Louis	Bougon
Albert	Prout
K.K. Pipi	Rancier
Thérèse	Labrecque
Fifi	Ti-père

```
A C E B F T U O R P
S I U O L I D L A K
N P R B T V L B N K
T R E B E H O A C P
X Z G Y B D R R I I
F I E K M O A N E P
E A O T Q S H I R I
U L R E H U L C W Y
Q B G X B E C L E D
C E E U M A R E H R
E R S O J L N E N A
R T H R S V X R S L
B Z B E I F I F A E
A F H H N O G U O B
L M T I P E R E Q A
```

(Réponses à la page 93)

COMMENT DESSINER
LE CAPITAINE BOBETTE

1.

2.

3.

4.

5.

6.

7.

8.

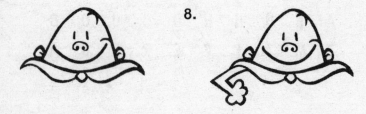

9.

10.

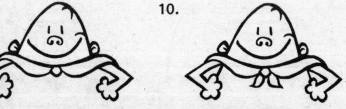

11.

12.

13.

14.

15.

16.

CASSE-TÊTE CASSE-COU

HORIZONTALEMENT

3. Le capitaine Bobette fait régner la Vérité et la Justice et se bat pour tous les tissus rétrécis et faits de _____ !

5. Une cuve en porcelaine avec chasse d'eau.

7. « Tra- _____ -laaaaa! »

8. L'ennemi par excellence de Bébé Super-couche est le _____ Crotteau.

9. Le capitaine Bobette est surnommé le _____ du sous-vêtement.

10. Bobby Héroux est mieux connu sous le nom de Bébé Super- _____ .

11. Le seul mot à cinq lettres (commençant par « s ») qui est apparu deux fois dans les six premiers indices.

14. L' _____ en aérosol est le pire ennemi des bobettes.

VERTICALEMENT

1. Les trois méchants venus de l'espace s'appelaient _____ , Klax et Jennifer.

2. Le scientifique le plus populaire de la Nouvelle-Bécosse est le professeur _____ .

3. Hourra pour le _____ Bobette!

4. Prenez garde à la cruelle Madame _____ !

6. Prenez garde à la _____ -Toilette 2000!

12. Le meilleur ami de Bébé Super-couche est le _____ Couche.

13. Ne renversez pas le _____ pour superpouvoirs extrafort!

COMMENT DESSINER
M. BOUGON

1.

2.

3.

4.

5.

6.

7.

8.

9.

10.

11.

12.

13.

14.

15.

16.

AIDE GEORGES ET HAROLD À SE RENDRE À LEUR CABANE CONSTRUITE DANS UN ARBRE

(Réponse à la page 94).

RIRES

Q. Pourquoi l'allumette pleure-t-elle?
R. Parce que sa mère est partie en fumée.

Toc! Toc! Toc!
— Qui est là?
— Onze.
— Onze qui?
— Onze amuse!

Mme Rancier : Harold, si je te donne deux poissons rouges et que Louis t'en donne quatre, combien de poissons rouges auras-tu en tout?
Harold : Onze.
Mme Rancier : ONZE?!!? Ha!Ha! Tu ne sais pas compter!
Harold : Non, c'est vous qui ne savez pas compter. J'ai déjà cinq poissons rouges à la maison!

Georges : Pardon, monsieur, j'aimerais acheter du papier hygiénique.
Commis épicier : De quelle couleur?
Georges : Blanc. Je m'occupe de le colorer!

Q. Qu'est-ce que tu dois faire lorsque tu croises un hérisson avec un grand requin blanc?
R. Te sauver le plus loin possible.

COMMENT DESSINER GEORGES

1.　　　2.

3.

4.

5.

6.

7.

8.

9.

10.

11.

12.

13.

14.

15.

16.

COMMENT DESSINER HAROLD

1.

2.

3.

4.

5.

6.

7.

8.

9.

10.

11.

12.

13.

14.

15.

16.

TU PEUX MAINTENANT ÊTRE LA VEDETTE DE TA PROPRE HISTOIRE QUÉTAINE DU CAPITAINE BOBETTE!

Avant de lire l'histoire suivante, remplis tous les espaces vides. Sous chaque espace vide, se trouve une brève description de ce que tu dois y écrire. Tu n'as qu'à y mettre le type de mot demandé.

Par exemple, si tu vois un espace comme celui-ci :

_____ , tu dois trouver un adjectif et l'écrire
(adjectif)

sur la ligne : ____baveux____ .
(adjectif)

N'oublie pas : ne lis pas l'histoire avant de remplir les espaces. Tu auras beaucoup plus de plaisir si tu commences par remplir les espaces vides.

Quand tu auras fini, complète les dessins du bas de la page en suivant les instructions. Amuse-toi bien!

PETIT RAPPEL :

un **verbe** est un mot d'<u>action</u> : sauter, nager, frapper, écraser, courir, etc.
un **adjectif** est un mot qui <u>décrit</u> une personne, un endroit ou une chose : gros, stupide, violet, poilu, etc.

L'AVENTURE INCROYABLEMENT STUPIDE
DU CAPITAINE BOBETTE

Voici Georges Barnabé, Harold Hébert et

_____   _____ .
    (ton prénom)   (ton nom de famille)

Georges, c'est le petit à gauche avec une

cravate et les cheveux coupés au carré.

Harold, c'est le garçon aux cheveux fous,

à droite, qui porte un t-shirt.

_____ est au centre avec
    (ton prénom)

le _____ _____
    (un vêtement)   (un adjectif)

et les _____ _____ .
     (une partie du corps)   (un adjectif)

Ce sont les héros de l'histoire.

↑
(Dessine-toi ici.)

19

Un jour, alors que Georges, Harold et _____
(ton prénom)

sont à l'école, un vilain et _____ méchant
(un adjectif)

_____ soudain à travers la porte et
(un verbe)

grogne comme un _____ féroce.
(insecte inoffensif)

« Mon nom est le commandant _____
(un objet dégoûtant)

_____ , crie le méchant, et je suis
(un adjectif dégoûtant)

venu détruire tous les _____ de la Terre! »
(un objet puant)

Le commandant _____ _____
(objet et adjectif dégoûtants utilisés plus haut)

s'empare d'une _____ et commence à
(un meuble)

frapper _____ sur la _____ .
(le nom de votre prof de gym)   (une partie du corps)

« Oh, non! s'écrie _____ . Ce méchant va
(votre prénom)

faire mal à la pauvre _____ ! »
(le meuble plus haut)

(Dessine-toi ici.)   (Dessine le méchant ici.)

20

« Nous devons arrêter ce monstre! » crie Georges.

Il plonge la main dans sa _____ , en sort
(un vêtement)

un _____ _____ et le lance au
(un gros objet) (un adjectif)

méchant. Harold trouve un _____ dans son
(un plus gros objet)

_____ et le lance aussi au méchant. Puis
(un vêtement)

_____ plonge la main dans sa _____ ,
(ton prénom) (un vêtement)

en sort une _____ _____
(un adjectif) (l'objet le plus gros que tu connais)

et la lance, lui aussi, au méchant. Mais rien

ne semble pouvoir arrêter le commandant

_____ _____!
(l'objet et l'adjectif dégoûtants de la page 20)

(Dessine-toi ici.)   (Dessine les objets   (Dessine le
                             que vous lancez.)   méchant ici.)

« Il nous faut le capitaine Bobette! » crie

_____ . Tout à coup, le capitaine Bobette
(ton prénom)

_____ dans l'école.
(un verbe)

« Bonjour, dit le capitaine Bobette. Comment va

votre _____ _____ _____ ? »
(un animal)   (une partie du corps)   (un adjectif)

« Ça n'a pas de sens, ce qu'il vient de dire »,

fait remarquer Harold.

« Ce n'est pas grave, dit _____ . Il faut
(ton prénom)

arrêter ce méchant! » Le capitaine Bobette

s'empare donc d'un bâton de baseball et frappe

le commandant _____ _____
(l'objet et l'adjectif dégoûtants de la page 20)

sur la tête à plusieurs reprises.

(Dessine-toi ici.)   (Dessine le méchant ici.)

À L'ATTAQUE, CAPITAINE BOBETTE!

(Dessine le méchant ici. Il doit être à peu près
de la même taille que le capitaine Bobette.
Pour t'inspirer, regarde les tourne-o-rama
des pages 45 et 89.)

À L'ATTAQUE,
CAPITAINE BOBETTE!

(Dessine le méchant ici. Il doit être à peu près
de la même taille que le capitaine Bobette.
Pour t'inspirer, regarde les tourne-o-rama
des pages 45 et 89.)

« _____ ! dit Georges, le capitaine Bobett
(une expression qui marque l'étonnement)

a vaincu le commandant _____ _____ !
(l'objet et l'adjectif dégoûtants de la page 20)

« Pour célébrer, mangeons _____ portions
(un chiffre)

de _____ _____ et buvons
(quelque chose d'écœurant)   (un adjectif)

_____ tasses de _____ _____ »
(un chiffre)   (un liquide dégoûtant)   (un adjectif)

propose Harold.

« Ça va être délicieux, répond _____ . N'oublie
(ton prénom)

pas de saupoudrer des _____ _____
(choses rampantes) (un adjectif dégoûtant)

sur ma part et d'ajouter une _____
(objet dégoûtant)

dans mon verre de _____ . »
(le liquide dégoûtant indiqué plus haut)

(Dessine-toi sur la chaise vide.)   (Dessine le méchant vaincu ici.)

MIAM MIAM!
LE LABYRINTHE
DE LA TOILETTE PARLANTE

(Réponse à la page 94)

COMMENT DESSINER
MADAME CULOTTE

1.

2.

3.

4.

5.

6.

7.

8.

9.

10.

11.

12.

13.

14.

15.

16.

COMMENT DESSINER ZORX, KLAX ET JENNIFER

1.

2.

3.

4.

5.

6.

7.

8.

9.

10.

11.

12.

13.

14.

15.

16.

ACCESSOIRES AMUSANTS

1. Ajoute des cils!   **2.** Ajoute du rouge à lèvres!   **3.** Ajoute une boucle

4.a)   **4.b)**

Zorxette

5.a)   **5.b)**

Klaxette

6.a)   **6.b)**

Jenniferette

LA CRINIÈRE
DE MADAME CULOTTE
À VOS PEIGNES, PRÊTS, PARTEZ!

(Réponse à la page 95)

LE LABYRINTHE DU
LUGUBRE SHÉRIF CROTTEA

(Réponse à la page 95)

ENCORE DES RIRES

Q. Pourquoi Mme Rancier garde-t-elle de la dynamite dans sa cuisine?
R. Pour faire sauter ses légumes.

Q. Quel est le fruit qui fait le plus mal?
R. La prune.

Q. Quelle est la différence entre M. Bougon et un éléphant?
R. Il y en a un qui est énorme et ridé, qui a un drôle de nez et qui sent mauvais, et l'autre, c'est un éléphant!

Q. Quelle est la différence entre une crotte de nez et du céleri?
R. Le céleri, ce n'est pas mangeable.

Q. Qu'est-ce qui est invisible et qui sent les bananes?
R. Un rot de singe.

Q. Qu'est-ce qu'un bleuet?
R. Un petit pois qui retient son souffle.

Thomas : Maman, est-ce que je peux lécher le bol?
Maman : Non, Thomas, fais comme tout le monde et tire la chasse d'eau!

L'HEURE DE LA BANDE DESSINÉE

Si tu as lu notre bande dessinée dans le premier album de jeux, tu connais déjà l'histoire terrifiante de la toilette poilue!

Imagine-toi qu'elle a maintenant un clone, le super méchant Bolépwalu! Voici la toute nouvelle aventure stupéfiante des Éditions de l'Arbre.

Pro log

Notre histoire a commencé lorsqu'un sientific a créé une formule pour faire pousser les cheveux.

Je vais l'essayer sur une tite garnouille

Mais la formule rendait les choses grosses, poilues et méchantes!

Croac

À l'aide!

Alors il a jeté sa formule dans la toilette.

Bon débarras!

Mais il a oublié de tirer la chasse d'eau.

Et voilà, il n'y en a plus.

La toilette est devenue grosse et poilue...

et méchante...

Oh, oh!

Elle s'est échappé et a ravajé la ville.

Mais le capitaine Bobette est arrivé...

et a sauvé la situation

Tout le monde croyait que c'était la fin de ce méchant-là...

Tourne la page pour lire la 2ᵉ partie

La nuit de la **terreur** de la **revanche** de la **malédiction** de la **fiancée** de **Bolépwal**

Georges Barnabé et Harold Hébert

Notre istoir continue à la cène du crime.
Les travailleurs sont en train d'enlever
tous les morceaux de la toilette poilue.

Ordures

Incendie

Tout à coup, un gars
arrive et volle un
des ~~mors~~ morceaux.

Arrêtez!

Non!

L'homme apporte le
morceau en forme de
côte dans son laboratoire

Laboratoire
secret du
Dr Frankenbean

Ha, ha, ha!

À l'intérieur de son laboratoire secret, le docteur et son assistant Jeff forment un plan diabolique.

Ha, ha! Nous allons créer un nouveau monstre à partir de ce morceau!

Oui, maître

Mais nous allons créer un monstre femelle pour pouvoir la mener par le bout du nez.

Hmm...

Penses-y, aile va fère la vaisselle, le repassage et...

Ben, c'est pas ben ben politiquement corect.

Pis? C'est nous les _méchants_!!!

Ah oui, c'est vrai, j'oubliais.

Maintenant, va me trouver de l'ADN de femme.

OK

Jeff apporte son fusil laser extractateur d'ADN avec lui.

Bientôt, il rencontre une femme.

Excusez-moi, pouvez-vous me dire où je peux trouver une femme?

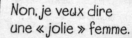

Je suis une femme!

Non, je veux dire une « jolie » femme.

Vous savez... quelqu'un qui est jeune et mince et...

AVERTISSEMENT

Les sènes suivantes contiennent des ~~les~~ gestes d'une violance extraime. À lire à tes propres risques. →

TOURNE-O-RAMA

MODE D'EMPLOI :

Étape n°1

Place la main gauche sur la zone marquée « MAIN GAUCHE » à l'intérieur des pointiyés. Garde le livre ouvert et bien à plat.

Étape n°2

Saisis la page de droite entre le pouce et l'index de la main droite (à l'intérieur des pointiyés dans la zone marquée « POUCE DROIT ».

Étape n°3

Tourne rapidement la page de droite dans les deux senses jusqu'à ce que les dessins aient l'air animés.

(Pour avoir encore plus de plaisir, tu peux faire tes propres effèts sonors.)

TOURNE-O-RAMA 1

Pages 45 et 47

N'oublie pas de tourner
<u>seulement</u> la page 45.
Assure-toi de pouvoir voir
les dessains aux pages 45 et 47.

Si tu tournes assez vite,
les dessains auront l'air
<u>d'un seul</u> dessain.

MAIN
GAUCHE

Attaque à claques

POUCE
DROIT

Attaque à claques

Et que je ne te revoi plus ici!

OK

Les choses ne vont pas très bien pour Jeff... quand tout à coup!

Grrr!

Pauvre monsieur. Est-ce que je peux vous aider?

Bingo!

Jeff pointe son fusil laser extractateur d'ADN sur la jolie femme.

Ne bougez pas.

OK

Il ferme les yeux et appuie sur la gâchette.

Laissez-moi retoucher mon maquillage.

ZAP

Mais le rayon laser se refflette sur le miroir de son bidule à maquillage.

Le rayon monte droit dans les airs et se refflette de nouveau sur une enseigne...

Examen de la vue
(pendant que vous attendez)

...et retombe...

Le rayon prélaive l'ADN d'un cheveu.

AYOYE

Et remet le cheveu à Jeff.

Hourra!

Avec l'ADN de ce seul cheveu, nous pouvons créer un monstre!!!

Quoi?

Maintenant, TOUS mes problèmes sont résolus!

TOURNE-O-RAMA

MAIN GAUCHE

Coup de poing
de femme

POUCE
DROIT

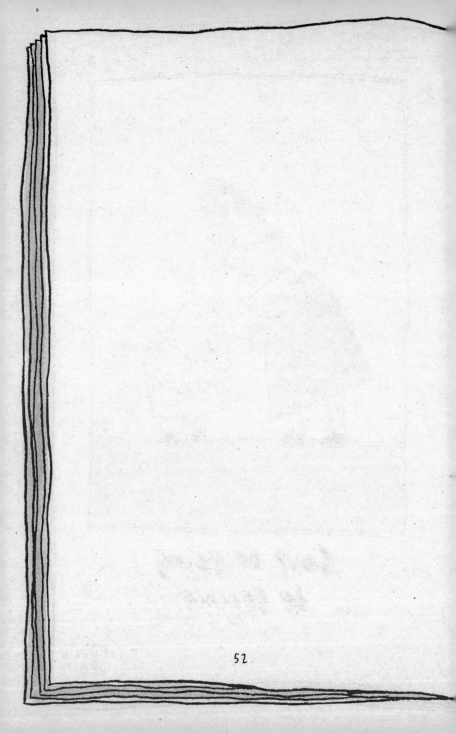

Coup de poing
de femme

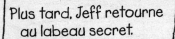
Plus tard, Jeff retourne au labeau secret.

As-tu trouvé de l'ADN?

Ouain.

Le docteur Frankenbean place le cheveu dans sa machine à cloner.

ADN DE FEMME

Où trouverons-nous assez de puissance pour cette machine?

ADN DE FEMME

ADN DE TOILETTE

De la foudre! Nous n'avons qu'à attendre un gros orage.

Pendant ce temps, les gars de la ville finissent de ramasser les morceaux de la toilette poilue de la cène du crime.

Nous zavons fini.

Allons porter tout ça et rentrons.

Ordures

OK.

Ils laissent les morceaux à la décharge.

Grouille-toi... il va y avoir un orage.

BOUM

Peu de temps après, un terrible orage éclate. La foudre frappe les morceaux de toilette ainsi que le laboratoire secret. Soudain, des choses bizarres commence à se passer.

Laboratoire secret du docteur Frankenbean

Les morceaux de toilette commencent à se fusionner.

Et la machine du docteur Frankenbean commence à fonctionner.

À chaque cou de foudre, les morceaux se fusionnent de plus en plus...

...et l'expérience du docteur Frankenbean grandit de plus en plus.

...Et si tu fè bien ton travail, tu pourras me faire un massaje quand tu auras fini!

Euh, maître?

Maintenant, va, femme! Je te l'ordonne!

Oh, oh!

Tu vois Jeff, tu dois être ferme avec les femmes, sinon...

Hé!

TOURNE-O-RAMA

MAIN GAUCHE

Exercices d'étirement

POUCE
DROIT

Exercices d'étirement

TOURNE-
O-RAMA

MAIN
GAUCHE

Sautons avec un gnochon.

POUCE
DROIT

Sautons avec un gnochon.

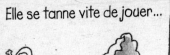

Elle se tanne vite de jouer...

Alors elle perce un trou dans le mur et s'échappe.

ZAP

Je suis libre!

CINÉMA
À L'AFFICHE
Le journale
de Brigit Jalber

Hi, hi!

À L'AFFICHE
L'ANÉMIe
de Brigit Jalber

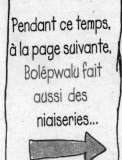

Pendant ce temps, à la page suivante, Bolépwalu fait aussi des niaiseries...

Hmm

Conduisez lentement sur les rails.
Enfants en train de jouer

ZAP

HI, HI

Conduisez lentement sur les
Enfants

Enfaim, les deux toilettes se rencontrent.
C'est le coup de foudre!!!

Wata tatow

Oh là là!!!

Conduisez lentement sur les
Enfants

Ils vont ensuite se marier à Las Vegas.

Acceptez-vous de prendre cette toilette comme femme?

Oui.

Vous pouvez tirer la chasse de la mariée.

C'est enfin le temps...

DE TOUT DAITRUIRE

Il nous faut...

Au même moment, à quelques pâtés de maisons de là...

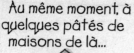

Nous intérompons ce programe pour un bidule de nouvelles spésial

Le capitaine Bobette est en train de se faire botter le derrière sur la rue principale.

Qui pourra le sauver??

Nous!

Alors grouillez-vous!

Bébé Super-couche vole à la rescousse...

TA-DA-DA

... avec son meilleur ami, le chien Couche, à ses côtés.

Ils arrivent vite sur le lieu de la bagare.

Bébé Super-couche amène donc
le capitaine Bobette dans un endroit
sécuritère sur le haut d'un édifice.
Le chien Couche retourne à la maison.
Il a une idée en tête.

Premièrement, il trouve un ballon de volleyball et un crayon.

Puis il dessine son visage sur le ballon.

Scrik

Scrik
Scrik

Scrik
Scrik

Il retourne ensuite sur la sène du crime avec le ballon et une pompe à bissiclette.

ZOOM

Le chien Couche relie la pompe au ballon et se cache derrière les buissons.

Hé, toi, stupide!!!

Viens ici, espèce de peureux!

Bolépwalu est tellement fâché qu'il saisit le ballon et le mange.

Le chien Couche commence alors à pomper.

Mais qu'est-ce que...?

TOURNE-O-RAMA

MAIN GAUCHE

Pneuma-bol

POUCE DROIT

Pneuma-bol

Et de un! À l'autre, maintenant!

Oh, oh!

CRAC

GLOUP!

OUICHE

Tout à cou, Bébé Super-couche part de sa cachète secrète et vole à la rescousse.

Moi sauver chien!!!

Il est ici, petit.

Oh non! Bébé Super-couche et le chien Couche ont tous les deux été mangés...et le capitaine Bobette est toujour trop faible pour se batre. Est-ce que c'est la fin de nos héro?

AAAAAAAAAAAH,
UNE ARAIGNÉE!

MAIN
GAUCHE

Le coup du maillet

POUCE
DROIT

Le coup du maillet

Épi log...

Peu de ten après, les travailleurs de la ville arrivent pour ramasser les dégâ.

RÉPONSES

Mots cachés
p. 4

COLONNE A   **COLONNE B**

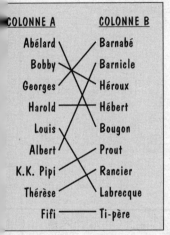

COLONNE A	COLONNE B
Abélard	Barnabé
Bobby	Barnicle
Georges	Héroux
Harold	Hébert
Louis	Bougon
Albert	Prout
K.K. Pipi	Rancier
Thérèse	Labrecque
Fifi	Ti-père

Questionnaire
p. 4

Mots croisés
p. 8

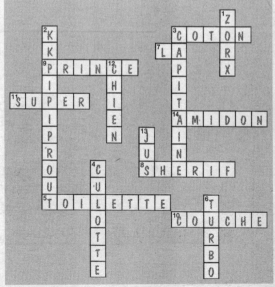

Labyrinthe p. 12

Labyrinthe p. 27

**Labyrinthe
p. 33**

**Labyrinthe
p. 34**

Nous voilà arrivés à la fin d'un autre album de jeux. Prends soin de toi et surtout, n'oublie pas de porter des sous-vêtements. Comme ça, chaque journée sera spéciale!